通心粉盃大賽

新雅文化事業有限公司
www.sunya.com.hk

哪位賽車手將最先衝過終點，成為本屆通心粉盃的得主呢？

米奇和好友們正在給他們的日用汽車進行維修，準備參加意大利羅馬每年一度最盛大的比賽。米奇和唐老鴨在討論他們當中誰會贏。

「啊？」高飛說，「那個穿着講究的衝程彼特圖，不就是每年都獲勝的嗎？」

「今年例外。」米妮說。她和黛絲已選定自己贏了通心粉盃後的服裝。

比賽的日子終於來臨！賽車手如箭在弦，在起跑線上準備出發。

　　突然，「轟！」的一聲，衝程彼特圖駕着他的超級跑車出現了。

　　「這場比賽怎能沒有我——今天的冠軍！」他對在場的參賽者說。

　　唐老鴨笑着說：「不好意思，彼特圖，今天的冠軍將會是我！」

　　「鴨子，你只會呱呱地叫！你們這些笨蛋開着玩具車是不可能贏的！」彼特圖自信滿滿地說。

可是，米奇他們所駕駛的日用汽車，其實並非一般的汽車。
米奇笑着打了個眼色，叫道：「讓彼特圖看看我們的特技吧！」
米妮贊成：「米奇，這個主意好極了！」
車手們一手按下儀表盤上的按鈕。啪！嘭！彼特圖無法相信
自己的眼睛，那幾輛日用汽車居然會變成超級神氣的跑車！

　　隨着一聲「開始！」跑車紛紛飛馳而去。

　　彼特圖在跑道上左拐右彎，很快便領先了。彼特圖為了保持領先的優勢，他有滿肚子的壞主意。「是時候拋出意大利薄餅了！」彼特圖一邊偷笑，一邊拉動手柄。

「嘭！嘭！」彼特圖的跑車不斷射出意大利薄餅！米奇左右閃避。「喂，這不公平！」他高呼。

「誰在乎公平？」彼特圖大叫，「只要能贏，我什麼都做得出來！」

可憐的高飛被意大利薄餅擊中，他的跑車打了幾個轉，然後衝了下坡，被拋到另一條路上了。

高飛在羅馬的街道上來來回回，想盡快回到賽道上，但有一件東西吸引了他的注意──那並不是通心粉獎盃。

「好大的牛肉丸！」高飛說，「我一定要嘗一嘗！」

　　高飛跑進餐廳裏，叫了一盤肉丸意大利麵加胡椒。「好香啊！」

　　高飛抓起兩把叉子，聞聞那盤撒了胡椒的意大利麵。「哈……啾！」

　　叉子從他的手中飛出去，擊中了那顆巨型肉丸，肉丸竟然骨碌骨碌地滾到街道上去！但高飛卻若無其事，只是再取兩把叉子，狼吞虎嚥地吃着意大利麵。他吃得不亦樂乎，完全不知道發生了什麼事情。

這時候，米妮和黛絲在賽道上緊追着彼特圖。

「她們貼得太近，」彼特圖對自己說，「是時候甩掉她們了
——用意大利式的方法！」他啟動一個開關，隨即出現一個巨瓶。
巨瓶裏的橄欖油倒在路上。米妮和黛絲不住地打轉，然後滑離了
賽道！

「糟糕！」米妮說，「我們偏離賽道很遠！」

她和黛絲在羅馬一帶游走，尋找返回賽道的路。她們經過佛羅奇，那是意大利最有名的鞋店。

「我想，」黛絲說，「我們可以中途停一下⋯⋯」

米妮同意，只要不逗留太久——她們沒有把通心粉盃拋到腦後！

比賽場上只剩下三名賽車手。彼特圖還有最後一個計策，以確保冠軍非他莫屬。「我要把這些路標調轉，讓那隻可惡的老鼠和鴨子跟着我到競技場，然後把他們關在裏面！」

彼特圖的計劃很順利，他胸有成竹地回頭看米奇和唐老鴨。

就在這個時候，他們發現競技場出現了一個不該出現的東西！

「啊！巨型肉丸！」他們尖叫起來。

彼特圖立刻向着閘口直奔，出去後便用力把它關上。米奇和唐老鴨隨時都會被巨型肉丸壓扁！

此時，米奇注意到一塊平滑的石頭，長長的像一塊踏板。
「唐老鴨，跟我來！」他叫道。米奇衝上那塊踏板，唐老鴨
在後面跟着。

　　唐老鴨大叫說：「唐老鴨來了！」他和米奇衝到半空中，然後安全地降落在賽道上。

　　「超級老鼠也來了！」米奇接着說。

　　彼特圖非常生氣。「哼！我要給這些討厭的賽車手瞧瞧我的厲害！」他大吼。

不過彼特圖的美夢恐怕要幻滅！米妮、黛絲和高飛已出現在他的眼前，而且在賽道上不斷地加速。這個時候，誰都有可能得第一名！

　　還有，一個「不速之客」在此時加入了這場比賽！等到高飛和彼特圖看見巨型肉丸時，他們已來不及閃避了。肉丸一路滾過來，「啪！」的一聲壓在跑車上，高飛和彼特圖兩個賽車手飛了出來，掉到肉丸上去！

　　米奇和唐老鴨向着終點進發，賽況難分難解。突然，米奇聽見隆隆的響聲。他回頭一看，跑道上竟然出現一顆巨型肉丸！但唐老鴨卻沒有注意到，因為他正全神貫注地作最後衝刺。

米奇知道，唐老鴨快要被壓扁了！ 於是他立刻急速地向後駛。

「你開錯方向了！米奇。」唐老鴨喊叫。

「別管我！」米奇說，「快去贏了這場比賽！」米奇開着跑車撞向肉丸，彼特圖和高飛被彈到半空中。

唐老鴨衝過了終點線。「我成功了！我打敗了衝程彼特圖！」他高聲呼叫。

一聲巨響，那顆肉丸最後彈到一座雕像上，然後爆發成無數顆小肉丸，像雨點般灑下。真好！大家可以一起享用美味的意大利肉丸麵呢！

　　看！唐老鴨的脖子上掛了「通心粉盃」的獎牌，他對米奇說：「米奇，我很抱歉你沒有贏，但因為有你的幫助，我才會勝出！我必須要謝謝你。」

　　「啊，」米奇回答，「對我來說，友誼比勝出比賽重要得多！」

老友釣魚記

這一天，米奇老鼠和高飛正在為他們每年一度的釣魚旅行做準備。

　　「太好了，高飛！一整天只有你和我，還有整個歡樂湖的魚！」米奇說。

　　「是呀！只屬於高飛和米奇的老友記時間。」高飛回答，「我終於可以把我的絕技——超級弧線側身拋竿——傳授給你了！」

　　米妮和黛絲把野餐籃遞給他們。「我想不起你們喜歡吃什麼，所以我特製了超級三文治，什麼餡料都有！」黛絲聳聳肩說。

　　這時，唐老鴨衝進來，說：「別忘了帶防曬油啊……！」他跌了一跤，把防曬油擠了出來。

　　「看來要準備的東西都齊全了！」古古露嘉說。

　　米奇和高飛高高興興地駕車離開，其他人向他們揮手道別，望着他們的背影，各人都羨慕不已。

　　「可以悠閒地坐在湖邊……聽起來太美好了！」米妮說。

　　「可以吃着美味的三文治……」古古露嘉做夢似的說。

　　「還可以捉魚！」唐老鴨補充說。

　　黛絲聳聳肩說：「算了吧，我還是回去看我那本《戶外樂》雜誌。」

　　「等等……」米妮想了一想，說：「我們不要一直想像那裏有多好玩，現在就讓我們付諸行動！」

高飛和米奇一到湖邊，他們的老友記時間便正式開始。

高飛興沖沖地向米奇展示他的釣魚絕技。「首先，你要向後——」

突然之間，唐老鴨開着他的跑車飛馳而過。「嗨！兄弟，我沒時間聊天，我要去捉大魚！」

高飛繼續教米奇釣魚，但很快又被打斷，因為快樂助手車來到了。

「你好嗎？朋友！」米妮說。

「一起在陽光下玩耍吧！」黛絲接着說。

「我愛吃美味的三文治！」古古露嘉說。

「我們決定來加入你們的老友記時間！」她們異口同聲地說。

米奇和高飛互相對望了一眼，想不到朋友們竟遠道而來。

在湖上，唐老鴨盯着雷達熒幕找魚。「這條太小了！這條也太小！這條……超級小！」就在他悲鳴的時候，他發現了一條大魚。「嘩！好一條巨無霸！」他立即用那高科技的魚竿，把魚鈎射進水裏。

在岸上，米奇和高飛終於把女士們的東西搬下車了。

高飛拾起他的魚竿，準備和米奇繼續他們的老友記時間。「現在，看看我的超級弧線側身拋竿絕技——」

但他發現手上的魚竿早已被換成了網球拍。

「你幫我們搬東西那麼辛苦，應該打一場網球輕鬆一下！」米妮說。

「好啊！就來一個女子組對男子組的比賽！開——始！」古古露嘉大聲宣布。

唐老鴨那邊有魚上釣了。「啊，好大！」他一邊收緊魚絲一邊說，「大到好像一隻⋯⋯靴？」他失望透了，揮着魚竿大嚷：「討厭的靴，走開！」──結果手一鬆，魚竿也丟到水底去了。「現在我用什麼去捉那條巨無霸？」他氣到冒煙。

　　唐老鴨想到一個辦法。他匆匆取了一根拖把，在尾端綁上三文治，這樣它就成了魚竿！

　　唐老鴨的三文治在水面上晃呀晃，那條巨無霸從水裏躍出，一口把它吞了！

　　「你上釣了！」唐老鴨笑嘻嘻地說。但大魚逃離時猛地一拉，把唐老鴨從船上拽了出去。「啊⋯⋯！」

「二十一比零。女子組勝出！」古古露嘉大聲宣布。

「沒關係，」高飛對米奇說，「總算可以開始傳授我的絕技，超級——」

米妮卻打斷他的話，指着湖面說：「你們看，唐老鴨好快呀！」

「他捉到一條巨無霸！」黛絲說。

「看來是那條巨無霸捉到他！」古古露嘉說。

大魚拖着唐老鴨，向着一個廢置的跳水台游去。「哇！我完蛋了！」唐老鴨高呼。此時，跳水台卻成了一塊踏板。唐老鴨一躍而上，被拋到半空中。「救命呀……！」他大喊。

米奇和高飛看見了，便跳進一艘快艇，衝去救他們的朋友。

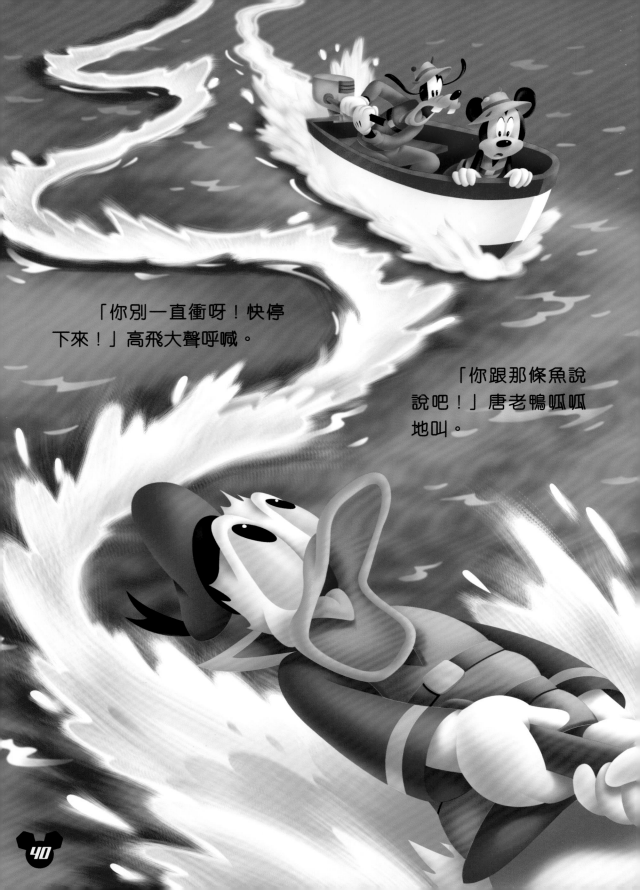

「你別一直衝呀！快停下來！」高飛大聲呼喊。

「你跟那條魚說說吧！」唐老鴨呱呱地叫。

「他們剛剛繞過危險角，現在進入了危險坳！」古古露嘉說。

「為什麼有這樣的名稱？」米妮問。

「大概因為盡頭就是危險瀑布吧！」古古露嘉回答。

「危險瀑布？」黛絲和米妮驚呼。

她們急忙駕駛唐老鴨的流線船車，趕去提醒他們。

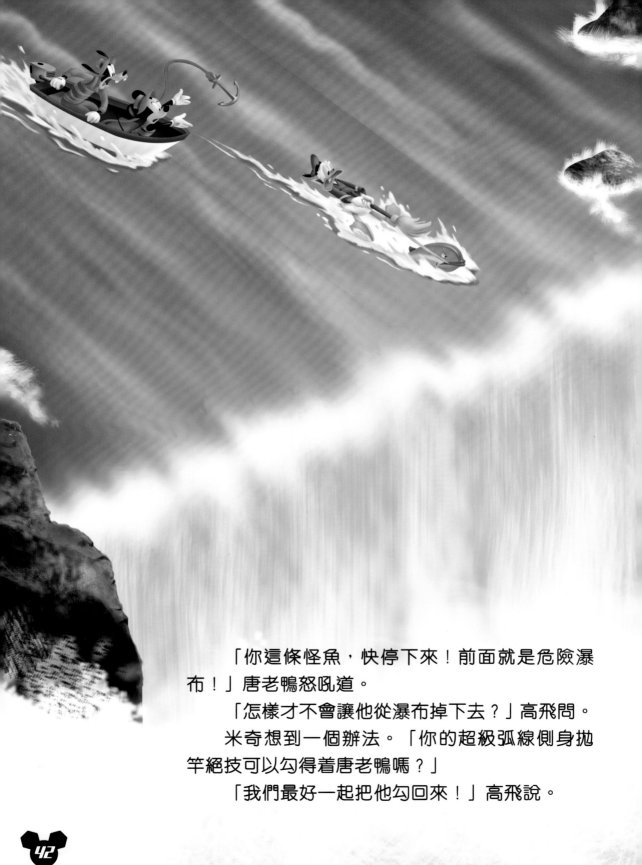

「你這條怪魚，快停下來！前面就是危險瀑布！」唐老鴨怒吼道。

「怎樣才不會讓他從瀑布掉下去？」高飛問。

米奇想到一個辦法。「你的超級弧線側身拋竿絕技可以勾得着唐老鴨嗎？」

「我們最好一起把他勾回來！」高飛說。

「好兄弟，我終於可以把絕技傳授給你了！」高飛說。

「這是個速成班呢！」米奇回答。

「來！用大拇指按住線輪，向後揮竿，用腳尖點三下，旋轉，旋轉，再旋轉，然後向前拋！」

魚鈎飛了出去，勾住了唐老鴨的衣服。

「太好了！我們成功了！」米奇說。

他們收緊魚絲，把唐老鴨拉了回來。唐老鴨緊緊地抓住船身，可是大魚現在卻把他們三個一起拉向危險瀑布！

「唐老鴨，快放開那條巨無霸！」米奇大聲喊叫。

「等等，我還沒準備好！」唐老鴨取出他的智能手機，跟他捉到的大魚自拍。「好了，現在可以放牠走了。」

高飛拿出一隻鱷龜，說：「盡情咬吧！」鱷龜把繩子咬斷。

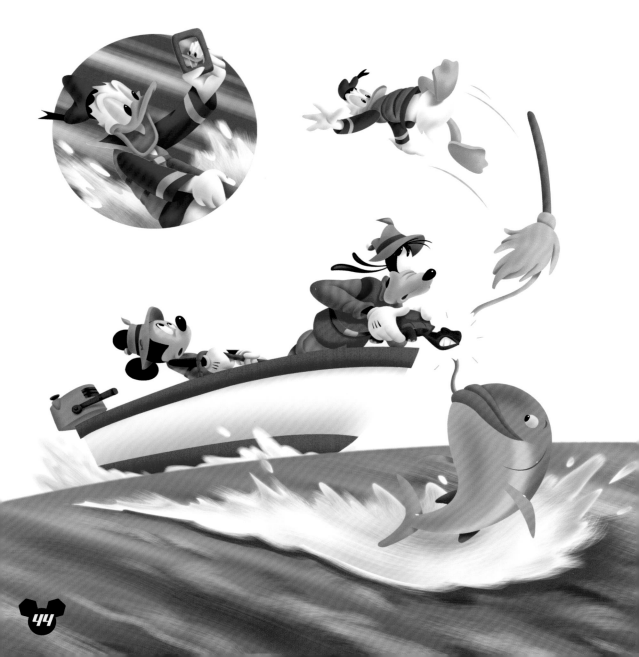

　　唐老鴨整個彈起來，從快艇的一端飛到另一端，然後在半空中被一個魚網接住。原來女士們及時趕到！
　　「多謝各位！好一個刺激的旅程！」唐老鴨說。

唐老鴨、黛絲、米妮和古古露嘉打算大夥兒繼續一起玩。

高飛婉轉地說：「其實，我們原本的計劃，是一段只屬於高飛和米奇的老友記時間。」

「我們卻一窩蜂地不請自來，把它變成了一個集體活動。」黛絲很過意不去。

「沒關係，」米奇說，「我們很喜歡和大家一起，只不過……」

米妮立刻向他們道歉。「我們知道好友獨處的時間是多麼的重要。」

於是，唐老鴨駕着他的流線船車，載着女士們一起回到岸上。

「終於有一小段只屬於高飛和米奇的寶貴時間了！」米奇快樂地說。

「噢！」高飛突然覺得一陣疼痛。「恐怕不行了，我剛剛結交了一個新朋友！」原來一隻小鱷龜咬了高飛一口。

「哎唷！牠還帶來了親戚！」米奇被另外三隻小鱷龜咬着，縮成了一團。

「啊⋯⋯呀⋯⋯呵！」
「嘩，聽起來高飛和米奇很享受他們的老友記時間呢！」米妮說。

米奇完美的一天

米奇和他的好朋友準備到西班牙的馬德里去遊玩，計劃在那裏渡過完美的一天。「我們要在一天之內完成所有行程──從艾爾斯特洛跳蚤市場，到主廣場！」

　　「別忘了我和朋友──西班牙三紳士的音樂會！」唐老鴨提醒大家。

　　「還不趕快出發，就來不及了！」高飛說。

在前往馬德里的路上，有一頭叫法蘭斯高的小牛正坐在欄杆旁，聞着一朵紅玫瑰。法蘭斯高很喜歡玫瑰。

當米奇和他的伙伴各自駕着汽車飛馳而過時，那朵玫瑰從花叢中飛了出來。

　　米奇伸手把它接住，然後送給米妮。

　　「噢！謝謝你，米奇！這花朵真香啊！」米妮邊說邊把玫瑰
插在耳邊。

　　法蘭斯高的玫瑰被奪走了！牠推開欄杆，嗒嗒嗒嗒地追着那
朵花。

大夥兒來到了馬德里，米奇想立刻去觀光，但唐老鴨和黛絲卻匆匆趕去和其他樂隊成員會面。「跟我來！我們去找班哲圖和浩斯！」

　　「我要去練舞，準備在西班牙紳士音樂會中大顯身手。」高飛說，但他走路的時候，沒有看前面！高飛打了幾個轉，然後迎面撞向一輛賣西班牙油條的小推車。砰！「好香……是西班牙油條！」高飛說。

米奇和米妮在跳蚤市場開始他們「完美的一天」計劃。可是，他們沒有留意到，法蘭斯高沿途在他們後面跟着，小步慢跑，嗅來嗅去，尋找牠失去的玫瑰。

　　跳蚤市場的每一件衣服、首飾和古董，米妮都很欣賞。「啊，米奇，我可以在這裏待一整天！」她雀躍地叫道。

　　米奇很開心。他們完美的一天，正按照他們完美的計劃，完美地進行着。米妮看衣服的時候，法蘭斯高在旁邊悄悄地看着，嗅嗅她耳邊的玫瑰，發出了一聲滿足的讚歎聲。

「米妮！這裏有──有──有──有──」米奇結結巴巴地說。

「襯衫？皮帶？手鐲？頭巾？」米妮猜着。

「一頭牛！」米奇大叫。

米奇急忙拉着米妮的手，跳進一輛空置的小推車 。小推車開始滾下山，而且越來越快，直到⋯⋯

「砰！」小推車撞上了油條小販的檔子。

油條小販眉頭一皺，說：「這絕對不是完美的一天！」

米奇不好意思地說：「唔……我們要兩根油條！兩根，謝謝！」

距離他們不遠，黛絲和唐老鴨來到了拉丁區。唐老鴨看見浩斯和班哲圖正在一家咖啡店吃午餐。「你們最近好嗎？」唐老鴨上前跟朋友們打招呼。

「你好，唐老鴨！」班哲圖回答，「很高興見到你！」

浩斯問：「這位迷人的女士是誰呢？」

唐老鴨向他們介紹黛絲。黛絲興奮地說：「我是你們的超級歌迷！你們每一首歌我都很熟悉！」

　　浩斯注意到唐老鴨對他那盤香辣炸馬鈴薯虎視眈眈，於是請他一起吃。

　　「小心，真的很辣！」班哲圖警告他說。

　　但太遲了，唐老鴨已吃了一大口，辣得他噴出火來！

「不好了！」黛絲大喊。她遞給唐老鴨一杯水，他咕嚕咕嚕地把它喝光，可是他的喉嚨仍然感到滾燙，連耳朵也冒出煙來。

班哲圖出其不意地把一頂寬邊帽放在唐老鴨的頭上。「既然你已經『熱身』，我們就一起來唱歌吧！」

他們開始唱歌，可是唐老鴨只能發出嘶嘶的聲音。

「那盤食物辣到令他失了聲！」黛絲說。

浩斯擔心地說：「除非他的聲音能及時恢復，否則必須找人代他在音樂會中演唱！」

　　「但有誰能唱呢？」黛絲問。

　　班哲圖和浩斯同時看着黛絲。「朋友，你能！」

　　「我？」黛絲驚訝地說，「但唐老鴨一心想在今晚演唱！」

　　唐老鴨很不情願地把他的寬邊帽放在黛絲的頭上。

　　為了使唐老鴨好過些，浩斯為他叫了一份甜點。「焦糖布丁！吃了你就會感覺自己像一頭牛──強壯如牛！」

　　這時候，米奇和米妮手裏拿着油條，跑到阿爾卡拉門的拱門前。正當他們以為終於擺脫了那頭煩人的小牛時，法蘭斯高又追上他們。米奇馬上拉着米妮，在拱門之間跑進跑出，法蘭斯高也一直在後面跟着。

　　然後，米奇想到一個辦法。

　　法蘭斯高走到拱門的另一端，米奇和米妮不見了！
　　「唔……米奇，我們是怎樣上來的？」米妮問。
　　「方法就是……反地心吸力！」米奇說。
　　過了不久，他們「啪！」一聲掉在地上，法蘭斯高又看見他們了！米奇和米妮慌張地逃離那裏。

幾分鐘之後，米奇鬆了一口氣，說：「我想我們已擺脫那頭牛了！」

「看！」米妮指着拉丁區，「我們剛好趕上音樂會呢！」

浩斯、班哲圖和黛絲出場後，開始高歌一曲《永遠的朋友》。

　　唐老鴨難過地坐在咖啡店裏，聽着音樂會。後來服務員把賬單交給唐老鴨，唐老鴨一看見價錢，嚇得大叫：「什麼？」但他隨即滿面笑容，說：「我的聲音恢復了！浩斯說得沒錯，焦糖布丁真的很有效！」

　　於是，唐老鴨立刻衝上台，加入班哲圖、浩斯和黛絲的隊伍，一起高歌一曲《永遠的朋友》。

西班牙四紳士大受歡迎！米奇和米妮沉醉於演唱會之中，直到……

「米妮！那頭牛又來了！」米奇又驚又急地說。

米妮發現法蘭斯高只注意那朵玫瑰，便笑着說：「原來這就是牠一直追着我們的原因！米奇，牠只是喜歡我的花！」她把玫瑰遞給法蘭斯高，牠用鼻子揉揉她的肩膀。「呀嗚……！」

米奇大笑着說：「牠倒是個可愛的小傢伙。」

米妮想親一親米奇的臉頰，就在這時，法蘭斯高為了答謝米奇和米妮送牠一朵玫瑰，便給了米奇一個大大的吻，為這完美的一天帶來一個完美的結局呢！

驚險護蛋記

　　快樂助手非常期待服務任何有需要的顧客。今天，母雞卡娜咯咯請她們做一件很重要，也很特別的事情。

　　「你生了一隻蛋？恭喜啊！」米妮尖叫。「我們很樂意替你照顧它。我們是護蛋專家！」她哈哈大笑起來。

　　「快樂助手小貨車立刻出動！」古古露嘉叫道。

　　「等等！」黛絲說，「首先，我們需要一套看管雞蛋的服裝！」

　　米妮和黛絲跳進神奇旋轉更衣亭內，那是一個機械衣櫥，裏面的服裝應有盡有！旋轉更衣亭會一直旋轉，直到──

「這一套不適合！」米妮皺着眉頭說。

更衣亭再次旋轉。
「太不像話了！」黛絲尖叫。

「這東西需要好好修理一下！」黛絲大喊，「如果連神奇槌子都不能把它修好，那就沒辦法了！」

更衣亭終於停止旋轉，米妮看着她們身上的服裝，露出燦爛的笑容。「這套非常好！」她說。

快樂助手到了卡娜咯咯的家，為即將出生的小雞祝賀她。卡娜咯咯出門之前，把一張紙條交給米妮，上面列出了她要去的地點，讓她們有需要時可以找到她。

　　「先是水療中心，然後是超級市場，再在美味熱狗拖車吃一頓熱騰騰的午餐。」米妮讀一遍給卡娜咯咯聽。「沒問題！祝你有愉快的一天！」

「我會坐在雞蛋上給它取暖，」黛絲說，「不過，讓我先舒展一下筋骨。」但當她一側身彎腰時，突然聽見一聲咔嚓！

「黛絲！」米妮驚呼，「你受傷了嗎？」

「不！是那顆蛋！」古古露嘉大叫，「它已開始孵化！」

米妮馬上採取行動。「古古露嘉和我現在就去找卡娜咯咯。黛絲，你和布魯托盡量不要讓那隻蛋繼續裂開！」

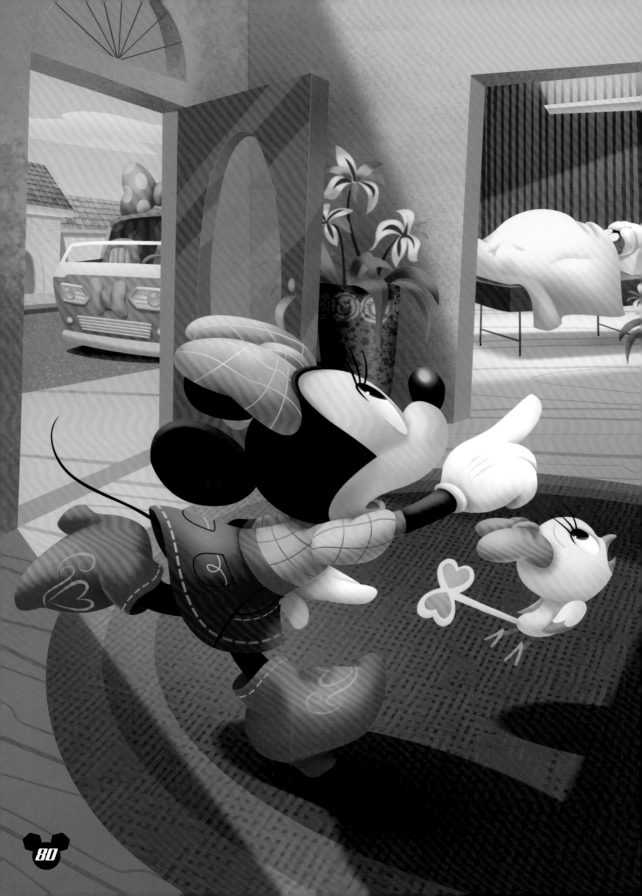

米妮和古古露嘉橫衝直撞地上了山，到達卡娜咯咯紙條上寫的第一個地點：熱狗山日間水療中心。

　　米妮指着前面說：「她就在那裏！跟我來！」她們闖進水療室後，米妮一手把毛巾掀開。「卡娜咯咯，你快要當媽媽了！」

　　原來是彼特！彼特興奮地問：「我快要當媽媽了？」

　　「別做夢了，彼特。」古古露嘉對他說。

　　「噢，是的。哈哈！」彼特大笑，「我要是當媽媽，那真是可笑了！」

這時，在卡娜咯咯的家裏，黛絲想到一個辦法。「說不定蛋寶寶一入睡，就不會孵化了。」於是，她開始唱搖籃曲：「蛋寶寶，快快睡，輕輕飄，入夢鄉……」黛絲和布魯托同時打了一個大阿欠。

　　「閉上眼，數小羊，一、二、三……」黛絲眼皮沉重地繼續數。

　　過了一會兒，黛絲和布魯托都睡着了。

　　突然，雞蛋又發出了「咔嚓！」一聲巨響，把黛絲和布魯托驚醒了。

　　「不好了！卡娜咯咯最好快快回來！」黛絲大叫。

米妮和古古露嘉到超級市場去找卡娜咯咯，看見她正站在堆成金字塔般高的青豆罐頭旁邊。

這時，超級市場的經理宣布：「各位顧客，請注意！青豆罐頭現在大減價！」一羣顧客蜂擁而上，包圍着那些罐頭。卡娜咯咯被淹沒在人羣裏……

顧客匆匆散去後，古古露嘉發現卡娜咯咯不見了。「不好了！那羣顧客也把卡娜咯咯當作減價商品帶走了嗎？」

米妮大叫：「不，她在那邊！快追！」

這時，黛絲正在用絲帶綁住蛋寶寶。「這東西應該可以防止雞蛋再裂開吧！」

果然，蛋寶寶乖乖的，動也不動。可是，片刻的寧靜過後，蛋寶寶又再搖晃，甚至滾動起來！絲帶劈啪地斷開了。蛋在房間裏像炮彈般四處滾動飛射，把黛絲和布魯托嚇得東藏西躲！

米妮和古古露嘉駕着快樂助手小貨車，來到卡娜咯咯紙條上最後一個地點：美味熱狗拖車。高飛正在為卡娜咯咯烤香腸。

突然之間……
「餐車開走了！」古古露嘉叫道，「是故意的嗎？」
「啊，糟糕！我們一定要把它叫停！」米妮說。

　　那輛失控的餐車橫衝直撞地下山，快樂助手小貨車在後面緊追着。

　　就在這個時候，黛絲打電話來，慌張地說：「蛋寶寶快要整個裂開了！卡娜咯咯到底在哪裏啊？」她大喊。

　　米妮叫黛絲不要慌張。「不用擔心，卡娜咯咯很快就會回到家。」

　　古古露嘉掛斷電話後，睜大眼睛看着米妮問：「你怎麼知道？」

　　「因為餐車快要撞上她的房子了！」米妮高聲叫道。

小雞立刻跳到放滿熱狗的盤子上，一下子便把熱狗吃清光。
米妮哈哈大笑，說：「兩隻小餓鬼！」
較小的那隻打了一個很響的飽嗝。
高飛笑着說：「不用客氣！」